Conception graphique : Frédérique Deviller et Père Castor
Textes intégraux. Tous droits réservés pour les auteurs/illustrateurs
et/ou ayants droit que nous n'avons pu joindre.

© Père Castor Flammarion, 2007
Flammarion – 87, quai Panhard et Levassor – 75647 Paris Cedex 13
www.editions.flammarion.com
Dépôt légal : septembre 2007 – ISBN : 978-2-0812-0428-7
Imprimé par Tien Wah Press à Singapour – 12/2008
Loi n°49-956 du 16 juillet 1949 sur les publications destinées à la jeunesse.

Petites histoires du Père Castor pour *faire rire les petits*

Père Castor • Flammarion

1.

Le monstre de la jungle

Sylvie Poillevé, illustrations de Hervé Le Goff

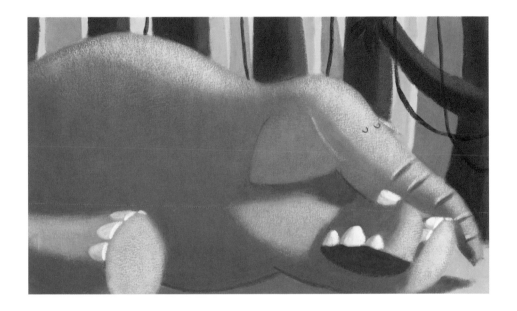

Dans la jungle immense, tout est calme… Planplan, l'énorme éléphant, dort tranquillement.

Soudain, des picotis, des gratouillis et surtout un grand cri le réveillent.

À gauche, à droite, devant, derrière… Personne !

Pourtant, au creux de son oreille, encore et encore, un grand cri résonne.

Un cri gigantesque, un cri énorme, un cri… monstrueux !

Affolé, Planplan s'enfuit en courant.

Ranplanplan, ranplanplan, ranplanplan…
font ses énormes pattes sur le sol.
Il croise son énorme ami Hippo, et,
tout tremblant, saute sur son dos en
bredouillant :
– Un… un… mon-mon-monstre
me poursuit !
– Un monstre ?… Courons,
fuyons ! hurle Hippo effrayé.
Et, dans un nuage de poussière,
tous deux s'enfuient à grand bruit.
Ranplanplan, ranpanplan, ranplanplan…

Mais, devant eux, se dresse leur énorme ami Rhino.
– Pousse-toi ! hurlent Planplan et Hippo. Un monstre nous poursuit !
– Un-un mon-mon-monstre ? bredouille Rhino. Attendez-moi ! Je vous suis !
Ranplanplan, ranplanplan, ranplanplan...
Leurs énormes pattes frappent le sol comme un tambour.
Ranplanplan, ranplanplan, ranplanplan...

La terre tremble, se craquelle…
La poussière se soulève…
– Stop !! Ça suffit tout ce bruit ! crie la voix du monstre.

Dans une belle bousculade, les trois amis
arrêtent leur folle course.
Où est-il ce monstre, où se cache-t-il ?
Et soudain, ils le voient, là… au creux de
l'oreille de l'éléphant.

C'est une puce, toute petite, toute riquiqui, et rouge de colère, qui
leur crie :
– Alors, comme ça, je ne peux plus chanter tranquillement ?

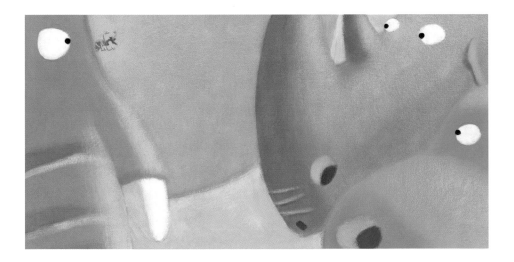

2.

Hip hip hip, sorcière !

Sylvie Poillevé, illustrations de Virginie Fraboulet

Quand vient la nuit d'Halloween, mille petits yeux brillent dans le noir…

Quand vient la nuit d'Halloween, tout le monde se prépare…
Tip-tap, tip-tap... avec ses dents, le squelette joue des castagnettes.
Frout-frout-frout... les ombres se faufilent.
Flip-flap-flip... les ailes des chauves-souris frissonnent.

Mais voilà que, dans la nuit, un drôle de bruit résonne :
Hip... Hip... Hip...
Hourra, la sorcière a le hoquet ! Entre ses flacons, ses fioles et son chaudron, la sorcière se désespère :
– Misère de **Hip !** misère ! Ce hoquet **Hip !** catastrop' **Hip !** me fait rater toutes mes formules magi' **Hip !**

Pas d'énorme monstre gris, mais une jolie petite souris…
Pas de verrue sur le nez, mais des pois jaunes sur ses souliers…
– Raté ! **Hip !** toujours raté !
Misère de **Hip !** misère ! pleurniche la sorcière.

Hourra mélange, encore une fois, pipi de chauve-souris et caca d'oie,
pour obtenir, avec sa magie, des serpents énormes et terrifiants !
– **Abracadra Hip !** Voilà de magnifiques serpents… à plumes !
C'est énerv' **Hip !** ant ! rouspète-t-elle.

Rien dans ses grimoires contre ce maudit hoquet !
Bon sang de bonsoir, quand on s'appelle Hourra,
et qu'on est la reine des formules, impossible d'en
rester là !
Parmi tous ses livres, Hourra trouve les recettes de
son arrière-grand-sorcière !
Nom d'un rutabaga, la solution est là !

À la page "Hoquet", elle trouve trois remèdes :
– Eurêka ! hurle notre sorcière tout en joie.

Boire trois petites gorgées d'eau claire, sur une main,
tête en bas et pieds en l'air.
Après avoir essayé, un **Hip !** bien sonore résonne encore.

Hourra continue, sans se décourager.
Se faire pincer le petit doigt par son corbeau préféré.
Hip… Hip… Voilà le résultat !

Croiser les jambes, derrière la tête, et ne plus respirer.
Au bout de 15 minutes, rouge tomate,
Hourra respire profondément, mais…

Hip… Hip… Hip …
Notre sorcière laisse alors éclater sa colère.
Elle hurle, elle tempête, elle gesticule…

Pendant qu'elle s'énerve, toute seule dans sa chaumière, deux petits polissons avancent prudemment vers sa maison.

Perchée sur le toit, une grosse chouette hulule du plus loin qu'elle les voit :

– **Hou-Hou...** voilà Pipo, le petit rigolo ! **Hou-Hou...** voilà Piplette, la jolie coquinette !

– **Chhuuttt...** murmurent Pipo et Piplette, en s'approchant à pas de chat des fenêtres de Hourra.

Ils pouffent en la voyant, rouge de colère.

– **Hip ! Hip ! Hip ! Hourra !** se moque Pipo.

– Une sorcière qui hoquette, c'est chouette ! plaisante Piplette.

Encore quelques mots chuchotés, un petit clin d'œil... et les voilà qui cognent soudain de toutes leurs forces aux carreaux, en criant :

– **Hou ! Hou !**

Terrorisée, Hourra saute en l'air, en hurlant :

– **Hhiiiiiiiiiiiiiii !**

– On a réussi à faire peur à la sorcière, tralalère ! chantent joyeusement les enfants.

– Et la colère d'une sorcière, vous savez ce que ça peut faire ? crie Hourra, furieuse. Je vais vous transformer en vers de…

Elle s'arrête soudainement de parler.

Fini les **Hip ! Hip !** Son hoquet est parti !

– Youpi ! Vous m'avez guérie ! Un peu de peur m'a réussi ! Voici des bonbons, mes petits !

Tout contents, Pipo et Piplette repartent dans la nuit d'Halloween. Mais bientôt, un drôle de bruit retentit :

– **Hip… Hip… Hip…** Merc' **Hip… Hip…** Hourra, pour tes bonbons aux **Hip !** vers de terre !

3.

Petit Âne veut être un loup

Marie-Hélène Delval, illustrations de Sébastien Pelon

Il était une fois un petit âne qui voulait absolument être un loup.
Il disait à ses amis du pré :
– Je peux très bien être un loup ! Si, si ! Regardez-moi ! Un loup,
c'est gris. Moi aussi ! Un loup a des oreilles pointues. Moi aussi !
Les miennes sont un peu longues, c'est vrai. Eh bien ! je serai le
loup-aux-longues-oreilles, voilà tout !

Ses amis du pré s'étonnaient :
– Pourquoi veux-tu donc être un loup ? C'est méchant, un loup !
Nous, on ne veut pas de loup dans notre pré !

Le petit âne frappait du sabot, tout fâché :
– Vous ne comprenez rien ! Si j'étais un loup, on aurait peur de moi. Et personne ne viendrait nous embêter !

Les amis du pré secouaient la tête et soupiraient :
– Voyons, Petit Âne, personne ne vient jamais nous embêter !

Alors, le petit âne s'en allait au bout du pré, tout seul, et il s'entraînait à hurler comme un loup.

Mais au lieu de braire comme font les ânes : Hi han ! Hi han ! il braillait : Hi hou ! Hi hou !

Et ses amis du pré se bouchaient les oreilles parce que ce n'était pas joli à entendre ce Hi hou ! Hi hou ! qui n'était ni un cri d'âne, ni un cri de loup !

Mais voilà qu'un jour, ou plutôt une nuit, un loup, un vrai, un énorme loup gris saute par-dessus la barrière et entre dans le pré. Tout le monde dort, dans le pré. L'agneau et le lapin, la taupe et la perdrix, la grenouille et la souris. Et le petit âne aussi, tout seul, dans son coin.

Le loup a une faim de loup. Il se dit :
– En apéritif, je croque la grenouille et la souris. En entrée, je déguste le lapin. L'agneau me fera un bon plat. Et au dessert, je déguste la taupe et la perdrix.

Le loup s'approche à pas de loup. Il se pourlèche déjà les babines. Il n'a pas vu le petit âne qui dort tout seul, à l'autre bout du pré, en rêvant qu'il est un loup.

Et, tout d'un coup, c'est la panique dans le pré !

La grenouille, qui a l'oreille fine, entend des pas de loup. Elle ouvre un œil, elle se met à coasser :
– Coâ ! Coâ ! Qu'est-ce que c'est ?

Et voilà la souris qui se met à couiner, la perdrix à piailler, l'agneau à bêler. Ça réveille la taupe et le lapin. Et tous, ils courent en rond, complètement affolés.

Là-bas, à l'autre bout du pré, le petit âne se réveille à son tour. Il pense qu'il est encore en train de rêver. Et, dans son rêve, il est un loup. Alors il bondit.

Et juste au moment où le loup pose la patte sur la souris, le petit âne surgit devant lui en braillant :
– **Hi hou ! Hi hou !** Qu'est-ce que tu fais là, toi ? Il y a déjà un loup, dans ce pré, et c'est moi !

Le petit âne agite ses longues oreilles, il donne des coups de sabot sans cesse de brailler :
– Hi hou ! Hi hou !

Le loup est terrifié. Jamais il n'a vu un aussi grand loup gris, avec d'aussi longues oreilles ! Jamais il n'a entendu un loup qui hurle aussi affreusement !
Le loup lâche la souris, et il s'enfuit tout au fond du bois en se jurant que jamais, plus jamais, il ne remettra les pattes dans ce pré !

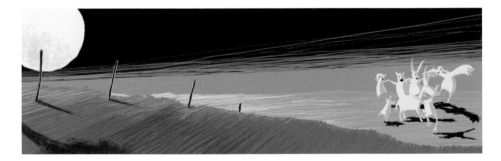

Tous les amis entourent le petit âne et ils lui disent :
– Tu avais raison, Petit Âne ! Tu peux vraiment être un loup ! Tu en es un, oui, oui ! Un loup-aux-longues-oreilles qui hurle comme un loup !

Mais, maintenant, le petit âne est tout à fait réveillé. Il est très étonné. Il dit :

– Un loup, moi ? Mais non ! Je suis un petit âne ! J'ai un bon coup de sabot, c'est vrai. Mais je ne hurle pas comme un loup, écoutez !
Petit Âne se met à braire :

– Hi han ! Hi han !

Et, là-bas, au fond du bois, le vrai loup se bouche les oreilles, terrifié, parce qu'il ne veut plus entendre hurler l'effrayant loup-aux-longues-oreilles qui habite dans le pré !

4.

Pas bêtes, les poulettes !

Sylvie Poillevé, illustrations de Maria Sole Macchia

Ça caquette dans le poulailler ! Il y a une nouvelle arrivée :
la toute pimpante, toute jolie poule Eugénie !
Autour d'elle, les poulettes sont attroupées !
Cot-Cot ! par-ci, **Cot-Cot !** par-là, ça papote à tout va !

– Ma chère, il faut le savoir… commence Peurbleue.

– Veinard le renard rôde… continue Tremblotte.

– Chaque jour, il nous guette… se lamente Castagnette.

– Prêt à croquer l'une d'entre nous ! gémit Chocotte.

– Pas de souci ! clame Eugénie. J'ai mille idées en tête pour effrayer ce genre de bête !

– Oooh ! s'extasient les poulettes. Vive Eugénie !

– Merci, merci mes cocottes chéries, répond celle-ci. Mais maintenant, au travail !

En quelques minutes, un plan est élaboré !

Peurbleue, Tremblotte, Castagnette et Chocotte éparpillent des morceaux de verre pointus autour du poulailler.

Tapi derrière un buisson, Veinard le renard ricane :

– Elles sont trop bêtes, ces poulettes ! Rusé comme je suis, j'ai moi aussi mille idées pour les croquer !

Pendant que ces dames font la sieste, monté sur des échasses pour ne pas se blesser, Veinard le renard s'approche doucement… Il passe sans un bruit par-dessus les morceaux de verre, et… **Ziiiiiip !** Glisse sur un œuf ! Perd l'équilibre ! Tombe en arrière… **Aaaaah !**
– Pas de chance ! rouspète Veinard, mais je ne suis pas une poule mouillée, je reviendrai !

Réveillées par le bruit, Peurbleue, Tremblotte, Castagnette et Chocotte rient et s'extasient :
– Vive Eugénie !

– Merci, merci mes cocottes chéries, répond celle-ci. Mais maintenant il faut définitivement se débarrasser de lui !

Cot-Cot ! par-ci, **Cot-Cot !** par-là, les poulettes montent un super plan ! Elles s'activent, volettent de tous côtés, portent des clous et des piquets.

Tapi dans un fourré, Veinard le renard ricane :

– Elles sont trop bêtes, ces poulettes ! Rusé comme je suis, j'ai…

Bing ! Une tuile lui tombe sur la tête ! C'est Eugénie qui creuse un peu plus loin et jette derrière elle le contenu de sa pelle.

– Pas de chance ! grogne Veinard en se frottant la tête. Mais ce soir, elles vont voir ce qu'elles vont voir…

Et, clopin-clopant, notre renard s'éloigne…

À la fin de la journée Eugénie passe les troupes en revue :

– Piquets plantés ?

– Oui !

– Fils électriques fixés ?

– Oui !

– Eh bien ! mes cocottes chéries, au lit et bonne nuit !

Ron-Cot, Ron-Cot...

Bientôt, ça ronflotte dans le poulailler !

Dehors, dans la pénombre, la silhouette de Veinard le renard se profile. Il ricane :

– Je ne me couche pas comme les poules, moi !

Il tapote les fils électriques.

– Même pas branchés ! pouffe-t-il. Décidément, ces poulettes sont trop bêtes !

Mais voilà que le tonnerre gronde dans le ciel.
Des éclairs étincellent et… **Bzzzzzz !** Vert, jaune, rouge… La foudre le fait passer par toutes les couleurs !
–Oh ! là, là ! C'est vraiment pas de chance ! soupire Veinard le renard. Quelle peur ! J'en ai encore la chair de poule !

Réveillées par tout ce chahut, Peurbleue, Tremblotte, Castagnette et Chocotte hurlent de joie en regardant le renard s'enfuir à toutes pattes.
– Vive Eugénie ! crient-elles.

– Merci, merci mes cocottes chéries, répond celle-ci. Sachez maintenant que nous sommes plus rusées que le renard, et que s'il revient un jour… c'est que les poules auront des dents !

5.

Pira le rat pirate

Magdalena, illustrations de Vincent Bourgeau

Dans son petit bateau ballotté par les flots, Pira le rat pirate se prépare à attaquer l'ennemi qui, malgré la tempête, fonce sur lui.
— Bateau en vue, mais plus gros que prévu ! crie Pira le rat pirate.

La tempête fait rage. Une vague coléreuse projette Pira le rat pirate sur le pont du vaisseau de l'amiral Chamort.

– À l'abordage ! crie Pira le rat pirate pour se donner du courage.

L'amiral Chamort s'écrie alors :
– Tiens, tiens ! Aujourd'hui l'ennemi se livre déjà ficelé comme un saucisson. Je n'ai pas eu à me battre, tu es tombé sous ma truffe. Tu es prêt à cuire comme une brochette, aussi, je te propose un marché, s'exclame l'amiral Chamort en détachant Pira le rat pirate. Donne-moi quatre bonnes raisons de ne pas te tuer et je te laisse en vie.

– Je suis le roi de la pêche à la sardine, annonce Pira le rat pirate. Je sais, avec ma queue, attraper des poissons pour nourrir un bataillon ; tandis que moi, je ne remplirais même pas l'estomac d'un nouveau-né.

– Non merci, ma cale est remplie de sardines séchées, répond l'amiral Chamort.

– Je suis le fils du richissime maître Raheng, grand commerçant, insiste Pira le rat pirate. Vous pourriez m'échanger contre mille caisses de harengs salés, et vous auriez de quoi vous rassasier quelques semaines ; tandis que moi, je ne satisferais même pas votre appétit d'un jour.

– Non merci, vraiment, manger du hareng m'assoiffe, répond l'amiral Chamort.

– Je suis grand cuisinier, poursuit Pira le rat pirate. Je sais comme personne préparer la baleine, de quoi vous tenir l'estomac plus d'un mois ; tandis que moi, je calmerais à peine un début de faim.

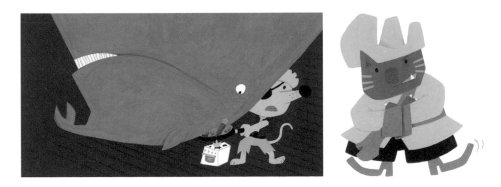

– Non merci, mon maître cuisinier accommode à la perfection les baleines et les rats, dit l'amiral Chamort.

– Si vous raffolez des rats, vous raffolerez des souris ! Je peux vous conduire à l'île aux souris, à quelques vagues d'ici. Il y aura cette fois de quoi assouvir votre appétit de chat mal nourri, dit Pira le rat pirate.

– Tiens, tiens, voilà qui me réjouit ! Cette dernière proposition me met l'eau à la bouche. Tu as gagné de vivre encore un peu. Partons immédiatement, propose Chamort, empressé.

– Mais pour rejoindre l'île aux souris, nous allons avant user d'une ruse. Premièrement, je me déguise en souris pour ne pas être reconnu, dit Pira le rat pirate.
– Deuxièmement, je vous encorde au mât de votre bateau. Comme si je vous avais capturé, dit Pira le rat pirate.

L'amiral Chamort ajoute, un peu méfiant :
— Sans trop serrer les nœuds, pour que je puisse, sitôt arrivé sur l'île, me détacher.

— Troisièmement, j'arrime votre bateau au mien, pour vous tirer, comme si je conduisais un prisonnier sur l'île, dit Pira le rat pirate en jetant sa coque à la mer.

– Quatrièmement, je coupe la corde pour reprendre ma route !
Je suis Pira le rat pirate… et il n'est pas question que je finisse
dans la bouche d'un chat. Bon vent, mon amiral Chamort, je vois
que l'on vous attend ! dit Pira le rat pirate en saluant l'amiral
Chamort.

Et sur ce, une vague joyeuse emporte le petit bateau sur les flots,
loin de l'amiral Chamort qui tempête :
– J'enrage ! Par les poils de mes moustaches, Pira le rat pirate me
file sous le museau !
Sur l'île, des souriceaux armés jusqu'aux dents attendent sur la
plage leur repas de gala.

6.

Sauve qui peut !

raconté par Robert Giraud d'après la tradition indienne,
illustrations de Vanessa Gautier

En Inde, au cœur de la forêt, vivait un jeune lièvre, qui était le petit dernier d'une nombreuse famille. Ce petit lièvre avait encore peur de tout, et ses frères et sœurs le traitaient souvent de froussard.

Cet après midi-là, toute la famille lièvre, le papa, la maman et les aînés, partit dans la forêt chercher des provisions.

Seul le petit dernier préféra rester à la maison. Il s'installa dans l'ombre de son manguier habituel pour faire la sieste.

Quelques instants plus tard, le petit singe, qui habitait dans le manguier voisin, décida d'aller faire un tour. D'un bond, il s'élança et se laissa tomber sur une grosse branche chargée de fruits.
Mais la branche était à moitié cassée et elle se brisa. On entendit alors, dans le silence, un craquement. Le singe se rattrapa comme il put, mais la branche tomba par terre avec fracas.
Il n'en fallait pas plus au lièvre froussard. Il détala aussitôt, sans même essayer de trouver d'où venait ce bruit.

Au passage, le lièvre vit un daim et lui cria :
– Sauve-toi vite ! Le ciel nous tombe sur la tête !
La terre tremble !

Le daim prit aussitôt la fuite, suivi par tout son troupeau. Des sangliers se joignirent à eux, sans même comprendre ce qui se passait. Un peu plus loin, daims et sangliers croisèrent la route d'un groupe de tigres.

Les daims leur lancèrent :
– Filez vite ! Sauve qui peut ! Le ciel nous tombe sur la tête ! La terre se fend !

Les tigres filèrent à leur suite, sans regarder ni devant ni derrière, entraînant avec eux des rhinocéros.
Dans leur course folle, les animaux vinrent buter sur un troupeau d'éléphants.

Les tigres leur crièrent :
– Vite, sauvez-vous ! Le ciel nous tombe sur la tête ! La terre s'ouvre !
Les éléphants, sans réfléchir, se lancèrent en avant, martelant le sol
de leur pas lourd.

Tout ce vacarme fit sortir un lion de sa tanière. Il se campa entre
les arbres et, dès qu'il vit paraître la troupe des fuyards, il poussa
un rugissement terrible.
Le ciel qui tombe et la terre qui craque, c'est effrayant, mais un
rugissement furieux de lion, c'est encore bien pire.
Éléphants, rhinocéros, tigres, sangliers et daims, sans parler
du jeune lièvre, freinèrent des quatre pattes, se bousculant
et tombant les uns sur les autres, têtes et pattes emmêlées.

– Alors, qu'est-ce qui vous prend à courir comme ça ? gronda le lion.

– Le ciel nous tombe sur la tête, la terre s'ouvre, hoquetèrent les bêtes terrorisées.

Le lion regarda sous ses pattes, puis par-dessus la tête des fuyards. Il ne vit rien.

– Vous êtes ridicules ! Le temps est splendide, sans un nuage. La terre est à sa place, intacte. Vous avez vu quelque chose, vous les éléphants ?

– Non, pas nous. Demandez aux tigres.

Les tigres s'exclamèrent :

– Ce sont les daims qui nous ont prévenus.

Les daims avaient une réponse
toute prête :
– C'est le lièvre qui nous a crié
de nous sauver.

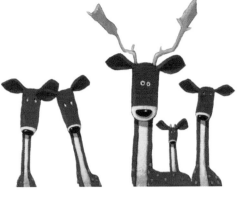

Le lion, prenant l'air sévère,
s'exclama :
– Je n'en crois pas mes oreilles ! Vous les daims si rapides, vous
les sangliers aux défenses pointues, vous les tigres si puissants,
vous les rhinocéros à l'épaisse carapace, vous les énormes
éléphants, vous prenez peur comme des lièvres, et vous vous
enfuyez sans même réfléchir ! Vous êtes prêts à croire n'importe
quelle sornette ! Jamais je n'aurais cru ça de vous !

Le roi des animaux se tourna enfin vers le lièvre froussard :
– Alors, c'est toi qui prétends avoir vu tomber le ciel ?

– Mais c'est la vérité! déclara le lièvre. Je ne l'ai pas vu, mais je l'ai entendu. J'ai même senti le sol trembler sous mes pattes!

– Où étais-tu quand ça t'est arrivé? Viens me montrer!

Pour aller plus vite, le lion prit le lièvre sur son dos. À la fois honteux et curieux, les autres animaux les suivirent à distance. Ils arrivèrent jusqu'au manguier sous lequel le lièvre froussard avait fait la sieste.

– J'étais ici, quand c'est arrivé! dit timidement le lièvre.

Le lion vit aussitôt la grosse branche couchée par terre.

– Ah, elle vient juste de tomber, celle-là! Ses feuilles sont toutes vertes. C'est sûrement cette branche qui t'a fait peur en tombant, gros nigaud! Rien de plus!

Le roi des animaux leva la tête et aperçut le jeune singe dans le manguier.

– Tu as dû la voir tomber, toi! Raconte!

– C'est ma faute, monsieur le lion, avoua le petit singe. Je vous
jure que je ne l'ai pas fait exprès. Je sautais de branche en branche
pour m'amuser, et celle-ci s'est cassée au moment où je l'attrapais.
Je vous promets de faire attention la prochaine fois.
Le lion dit alors au lièvre :
– Tu vois, il a suffi d'un petit singe qui faisait l'acrobate pour te
flanquer la frousse. J'espère que tu as compris la leçon !

Le lion retourna à ses affaires. Quant au lièvre, fatigué par toutes
ces émotions, il regagna le pied de son manguier et s'y étendit
confortablement, rassuré.
Avant de s'endormir, il se promit de devenir hardi et courageux.
On ne l'y prendrait plus à s'affoler pour un rien !

7.

Loup ne sait pas compter

Nadine Brun-Cosme, illustrations de Nathalie Choux

Ce matin-là, Loup en a assez de courir après les lapins, les vaches et les cochons. Ce matin-là, Loup a envie de jouer.

Alors, au premier loup qui passe, il crie :

– Eh ! Loup Gris ! On joue ?

– Chic ! dit Loup Gris. J'adore jouer ! Jouons à cache-cache. Tu comptes jusqu'à dix, moi je me cache.

Tout content, Loup se met à compter.

– **Un, deux, trois...**

Mais voilà. Après trois, il ne sait pas.

– Eh ! crie Loup. Après trois, qu'est-ce qu'il y a ?

Mais Loup Gris est parti se cacher bien trop loin, il n'entend rien.

– Eh ! crie Loup encore plus fort. Après trois, qu'est-ce qu'il y a ?

Loup crie si fort que Lapin montre son nez. Loup le connaît bien : il l'a beaucoup chassé sans jamais l'attraper !

– Tiens ! dit Lapin. Aujourd'hui tu ne m'attrapes pas ?

– Non, dit Loup. Aujourd'hui je compte.

– Et tu comptes quoi ? dit Lapin.

– Je compte quoi? Je compte quoi? s'énerve Loup. Je compte « **Un, deux, trois** ». Là, tu vois? Mais… Lapin, dis-moi: après trois, qu'est-ce qu'il y a?

– Après trois? dit Lapin. Après trois, tu ne sais pas?

Et Lapin se met à rire, à rire si fort qu'il en tombe par terre.

– Ah ah ah! Loup ne sait pas compter!

– Chut! Pas si fort! dit Loup vexé.

Et il s'en va compter plus loin.

« **Un, deux, trois** ».

Passe alors Cochon. Loup le connaît bien: il l'a souvent cherché sans jamais l'attraper.

– Tiens! dit Cochon. Aujourd'hui tu ne m'attrapes pas?

– Non, dit Loup. Aujourd'hui je compte!

– Et… tu comptes quoi?

– Je compte, quoi, dit Loup qui s'énerve un peu. « **Un, deux, trois** », je compte, tu vois? Mais… Cochon, dis-moi: après trois, qu'est-cc qu'il y a?

– Après trois? dit Cochon. Après trois, tu ne sais pas?

Et Cochon part d'un grand rire, et il crie :
– Loup ne sait pas compter! Loup ne sait pas compter!
– Chut! fait Loup très contrarié.
Et il s'en va compter plus loin.

« **Un, deux, trois** ».

C'est maintenant Vache qui montre son museau.

Loup la connaît bien : il l'a tellement guettée sans jamais l'attraper.

– Tiens, Loup! dit Vache. Aujourd'hui, tu
ne m'attrapes pas?
– Non, dit Loup. Aujourd'hui je compte!
Tu vois bien : « **Un, deux, trois** ». Voilà, je
compte.
– Un, deux, trois, dit Vache. Et… c'est tout?
– C'est tout.
– Bon, dit Vache. Un, deux, trois. Pourquoi
pas.

Et comme elle commence à s'en aller, Loup murmure :

– Mais… Vache, dis-moi : après trois, qu'est-ce qu'il y a ?

– Après trois ? dit Vache. Après trois, tu ne sais pas ? Mais Loup, tu ne sais pas compter !

Et Vache part d'un gros rire, d'un si gros rire qu'elle tombe par terre, d'un si gros rire que Lapin et Cochon, qui n'étaient pas loin, se joignent à elle pour rire aussi.

– C'en est trop ! hurle Loup.

Et il bondit. Et, pour la première fois, il attrape Vache. Et il crie :

– Si vous ne m'aidez pas, je mange Vache !

– Bon bon bon, dit Cochon. Lâche Vache, on va t'apprendre.

Et il se met à chantonner :

– **Un, deux, trois**, nous irons au bois… Répète ! dit-il à Loup.

– **Un, deux, trois**, nous irons au bois…

Et il lâche Vache. Et il s'assied par terre.

– **Quatre, cinq, six**, cueillir des cerises… chantonne Lapin. Répète, Loup !

Et Lapin s'assied un peu plus loin.

– **Quatre, cinq, six**, cueillir des cerises… chantonne Loup.

Et il sourit, parce que c'est rigolo l'idée d'un loup qui s'en va au bois cueillir des cerises.

– **Sept, huit, neuf**, dans un panier neuf… chantonne Vache. Répète, Loup !

Et Vache s'assied près de Lapin pour mieux voir Loup, parce qu'elle n'a jamais vu un loup qui sourit.

– **Sept, huit, neuf**, dans un panier neuf… chantonne Loup.

Et il sent le rire le gagner, parce qu'un loup qui porte un panier, ça, vraiment, il n'en a jamais vu !

– **Dix, onze, douze**, elles seront toutes rouges ! chantent ensemble Vache, Cochon et Lapin. Répète, Loup !

Et Loup répète, en riant bien fort :

– **Dix, onze, douze**, elles seront toutes rouges !

– Et alors, crie Loup Gris qui surgit tout à coup. Mais qu'est-ce que tu fabriques ?

Et puis il voit Loup, et tout autour Vache, Lapin, Cochon. Et il s'élance. Aussitôt, Vache, Lapin et Cochon prennent leurs pattes à leur cou, et disparaissent.

– Mais mais mais… dit Loup Gris, tu les avais tous attrapés ?

– C'est pour ça que j'étais si long. Qu'est-ce que tu crois ? À cause de toi, voilà, ils se sont échappés ! Il n'y a plus qu'à recommencer ! Va te cacher ! crie Loup bien fort. Je compte !

Loup Gris s'éloigne tout penaud.

Alors Loup respire un grand coup, et tout haut, pour que tout le monde l'entende, il compte fièrement :

– **Un, deux, trois, quatre, cinq, six, sept, huit, neuf, dix, onze et douze**.

8.

Le petit carnet d'Archibald

Anne-Marie Chapouton, illustrations de Pierre Caillou

Petit Jean s'en va vendre ses choux au marché.
En chemin, il soupire :
– Peste de choux, qu'ils sont lourds !
Et voilà qu'il aperçoit quelque chose sur le bord de la route. Il s'arrête. C'est un petit carnet.

Il le ramasse, il l'ouvre et il lit :

Ce petit carnet vous est prêté par l'enchanteur Archibald.

Profitez-en ! Pour toute commande, prière d'écrire lisiblement et de ne faire

qu'un seul souhait par page.

Petit Jean prend le crayon attaché sur le côté.

– Taraboum olé olé ! Je m'en vais faire un petit souhait.

Et il écrit avec soin : *Que mon sac de choux soit léger, léger.*

Merveille ! Ça y est ! Maintenant, le sac est léger comme une plume. Seulement, en arrivant au marché, Petit Jean est bien ennuyé : les choux sont si légers qu'ils ne pèsent presque rien, et les gens ne veulent pas les payer.

Alors Petit Jean, s'en retourne tristement.

En chemin, il s'arrête, ouvre le carnet et écrit :
Que mon porte-monnaie soit bourré de beaux billets.

Merveille ! Ça y est ! Petit Jean sort sa fortune et l'étale sur l'herbe. Il danse devant, tout content.

Mais, zou ! Voilà le vent. Un, deux, trois, c'est fait ! Tous les billets se sont envolés. Petit Jean court derrière, mais les voilà déjà en train de flotter sur la mer.

Alors Petit Jean ouvre le carnet et écrit très vite :
Que je sois en bateau, pour les rattraper.

Merveille ! Ça y est ! Petit Jean rame, rame, rame… Il arrive, il approche, mais les billets mouillés tombent un à un, lentement, au fond de l'eau.

Et petit Jean écrit de nouveau :
Que je sois un poisson pour aller les chercher.

Merveille ! Ça y est ! Petit Jean-Poisson plonge.
Mais les billets ont disparu. Et quelque chose accroche Petit Jean-Poisson.
Ô malheur ! le voilà pris au filet, tiré, tiré, tiré… et jeté sur le pont d'un bateau.

– Non, non, crie Petit Jean au pêcheur. Je ne suis pas un poisson.
Je suis Petit Jean et je vends des choux au marché.

– Misère, répond le pêcheur. Un poisson qui parle. Ça me portera
malheur…

Et il le rejette à la mer.

Pauvre Petit Jean-Poisson qui tourne en rond avec ses nageoires,
au fond, tout au fond de la mer.

Mais l'enchanteur Archibald, qui fait toujours un peu exprès de
perdre son petit carnet, vient de le retrouver sur la plage au bord
de l'eau. Quand il a lu toutes les pages écrites par Petit Jean, il
écrit à son tour :

Que le poisson redevienne ce qu'il était avant.

Et c'est ainsi que Petit Jean se retrouve sur le chemin du marché, avec un gros sac de choux sur le dos.

Il se dit :

– Quel drôle de rêve j'ai fait…

Et il continue son chemin en chantant, parce qu'il est content d'aller vendre ses choux au marché.

9.

Gare à Edgar !

Jean-François Dumont

Ce matin, Edgar est en rage !

Pendant sa promenade, il a brusquement tourné la tête et s'est aperçu qu'un lombric le suivait. Le ver de terre s'est vite dissimulé derrière lui. Edgar a bien essayé de le surprendre en se retournant ; mais le lombric, méfiant, a pivoté en même temps que lui et reste invisible.

Pourtant le ver de terre est dans son dos, Edgar en est sûr. Dès qu'il fait un pas, il l'entend glisser dans l'herbe humide et, quand il s'arrête, le lombric s'arrête aussi. Un ver de terre qui s'amuse à suivre un rat… ce n'est pas très grave, mais Edgar n'est pas un rat tout à fait ordinaire.

Edgar habite au fond du jardin, sous un vieux pommier qui lui fournit sa nourriture. Dans une caisse abandonnée, il a aménagé un nid douillet.

Ne supportant pas la compagnie, il vit seul et interdit à quiconque de venir le déranger… Les autres animaux se sont habitués à son mauvais caractère. Ils évitent le bout du jardin depuis qu'Edgar a mordu un lapin qui s'était approché un peu trop près de son logis. La plupart des bêtes de la ferme font semblant de ne pas le voir lorsqu'ils le croisent dans la journée.

Et voilà qu'aujourd'hui, un lombric s'est mis en tête de gâcher cette belle matinée. Edgar ne veut pas d'un compagnon, il veut être seul.

Il se met à courir autour de la grange aussi vite qu'il le peut : jamais un ver de terre ne pourra ramper à cette allure-là ! Pourtant, lorsqu'il s'arrête à bout de souffle, il jette furtivement un coup d'œil par-dessus son épaule… et le ver de terre est toujours là. Edgar décide d'aller se baigner dans l'étang voisin.

« Les lombrics ne savent sûrement pas nager, se dit-il, je me débarrasserai à tout jamais de cet enquiquineur. »

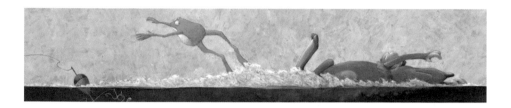

Après avoir plongé, nagé et fait de multiples galipettes dans l'eau, Edgar s'ébroue sur le bord de la mare. Il se retourne doucement et, malheur ! le ver de terre l'a encore suivi.

Résolu à employer les grands moyens, Edgar va trouver la taupe dans le champ à côté de la grange et lui propose un marché :
– Tu dois être fatiguée de creuser pour chercher ta nourriture. Je vais passer devant toi, et tu n'auras qu'à attraper le ver de terre qui me suit.

Edgar passe et repasse devant la taupe, qui finit par se mettre en colère :

– Tu n'as pas honte de te moquer de moi ! Il n'y a personne derrière toi, et ce n'est pas en perdant mon temps que je nourrirai ma famille !

Elle disparaît dans sa galerie le laissant seul face à son problème. « Complètement myope cette taupe ! », pense Edgar en haussant les épaules.

Il va trouver le pivert et lui demande son aide :

– Au lieu de taper sur ton tronc d'arbre à te faire mal au crâne, débarrasse-moi plutôt de ce ver qui s'entête à me suivre depuis ce matin.

L'oiseau volette autour d'Edgar et se fâche brusquement :

– Tu mériterais un bon coup de bec sur le museau ! Il n'y a rien derrière toi !

Et, d'un coup d'ailes, il rejoint son perchoir, et reprend son travail.

« À force de marteler le bois, ce pivert s'est ramolli le cerveau », peste Edgar en s'éloignant.

Découragé, Edgar rentre vers la ferme, lorsqu'il aperçoit le cochon vautré dans sa mare.

– Puisqu'il paraît que tu manges tout et n'importe quoi, attrape ce satané lombric qui me suit, et fais-en ton goûter !

– Depuis ce matin, répond le cochon, je te vois tourner sur toi-même en parlant tout seul, faire le tour des bâtiments à fond de train, stopper net, sauter dans l'eau, t'ébrouer, puis passer et repasser devant la taupe et le pivert. Je me demande si le soleil ne t'a pas tapé un peu trop fort sur la tête. Maintenant, tu me demandes de manger un ver de terre qui n'existe pas. Mets donc un chapeau quand tu te promènes par une belle journée et, en attendant, rentre plutôt chez toi te reposer.

Et le cochon ferme les yeux… il se rendort.

« Toutes ces journées passées à dormir dans la boue ne lui ont pas réussi, se dit Edgar en soupirant, ça lui a bouché les yeux. »

Ces courses, ces baignades et ces énervements l'ayant épuisé,
Edgar décide néanmoins de suivre l'avis du cochon.

Il se couche confortablement quand, tout à coup, il aperçoit entre ses pattes un petit bout du ver de terre. Ce dernier, non content de le suivre toute la journée, semble avoir décidé de dormir dans son lit !

Excédé, Edgar n'hésite pas… et lui donne un bon coup de dents !

Depuis ce jour, dans la ferme, tous les animaux hilares se racontent l'histoire d'Edgar le rat qui a pris sa queue pour un lombric.

10.

Le monstre que personne n'a vu

Danièle Fossette, illustrations de Hervé Le Goff

Ce matin, Madame Taupe est dans son pré.

Près d'elle, un lapin mange tranquillement des pâquerettes.

« Mais où sont donc passées mes lunettes ? se demande Madame Taupe. Je ne vois rien. »

– Hum, je vais me régaler, dit Monsieur Lapin en découvrant une nouvelle fleur.

Mais Madame Taupe ne reconnaît pas Monsieur Lapin. Sans ses lunettes, elle ne voit rien. Elle prend peur.

– Qui a parlé, qui veut me manger? Au secours!

Madame Taupe se sauve et retrouve ses lunettes au passage.

– Madame Grenouille, quelque chose de terrible vient de m'arriver! raconte Madame Taupe apeurée. J'ai vu une bête affreuse dans mon pré. Elle avait de grandes oreilles pointues. Elle voulait me dévorer! Oh, je suis sûre qu'elle mange aussi les grenouilles.

– Les grenouilles! Oh! là, là! Quelle horreur! Au secours!

Madame Grenouille bondit et disparaît dans l'eau.

– Monsieur Canard, vous ne devinerez jamais ce qui vient d'arriver, raconte Madame Grenouille agitée. Une bête horrible a essayé de manger Madame Taupe dans son pré. Elle a des oreilles pointues et une gueule énorme. Il paraît qu'elle dévore tout, même les canards. C'est Madame Taupe qui me l'a dit.
– Les canards ! Oh ! là, là ! Quelle horreur ! Au secours !

Monsieur Canard s'envole et se pose plus loin.

– Monsieur Chevreuil, il faut que je vous prévienne, dit Monsieur Canard affolé. Un horrible monstre veut nous avaler tout cru. Il a poursuivi Madame Taupe dans son pré. Il a des oreilles pointues, une gueule énorme et des dents aiguisées comme des rasoirs. C'est Madame Taupe qui l'a dit à Madame Grenouille qui me l'a dit.

– Croyez-vous qu'il mange aussi les chevreuils?

– Bien sûr.

– Oh! là, là! Quelle horreur! Au secours!

Monsieur Chevreuil s'enfuit à travers la forêt.

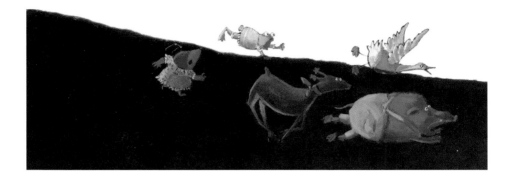

– Monsieur Sanglier, c'est horrible, crie Monsieur Chevreuil, paniqué.
Une créature effrayante est arrivée dans le pré de Madame Taupe.
Elle a des oreilles pointues, une gueule énorme, des dents aiguisées
comme des rasoirs et des yeux qui crachent le feu. Elle dévore tout
sur son passage : les taupes, les grenouilles, les canards, les chevreuils
et surtout les sangliers ! C'est Madame Taupe qui l'a dit à Madame
Grenouille qui l'a dit à Monsieur Canard qui me l'a dit.
– Même les sangliers, vous êtes sûr ? Oh ! là, là ! Quelle horreur ! Au
secours !

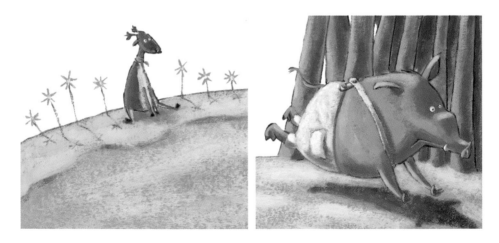

Et Monsieur Sanglier se sauve à son tour.

– Monsieur Lapin, Monsieur Lapin ! appelle Monsieur Sanglier, terrorisé. Un grand danger nous guette. Une créature effrayante sème la terreur dans le pré de Madame Taupe. Elle a des oreilles pointues, une énorme gueule qui bave, des dents aiguisées comme des rasoirs, des yeux qui crachent le feu… C'est le plus horrible monstre que l'on ait jamais vu !

– Eh bien ça alors ! J'ai passé tout l'après-midi dans le pré de Madame Taupe et je ne l'ai même pas rencontré. Quelle chance ! soupire Monsieur Lapin.

11.

Ma maîtresse est une ogresse !

Sylvie Poillevé, illustrations de Laurent Richard

Aujourd'hui, c'est la rentrée ! Thomas est terrorisé, mais… pas question de le montrer ! Il rentre tout de même chez les grands ! Et les grands… ça n'a peur… de rien !

Mais, chez les grands, il y aura une nouvelle maîtresse justement. Thomas panique… Et si elle était méchante ? Ce serait affreux, catastrophique !

Thomas boit lentement son chocolat au lait, traîne pour s'habiller…
Mais ses parents le pressent : il faut y aller !

Devant l'école, tout le monde se retrouve en attendant que les portes s'ouvrent.

Mais Thomas est trop inquiet pour s'amuser. Il reste près de son papa et de sa maman qui ont trouvé des amis à qui parler. Les parents rient, les parents papotent et Thomas tremblote… Loin au-dessus de sa tête, les mots s'envolent, se mélangent, s'entrechoquent…

– Elle croque la vie à pleines dents ! dit l'un.

– C'est un monstre de travail ! dit l'autre.

Thomas sursaute !
Croque… Dents… Monstre…
A-t-il bien entendu ?

Mais bla-bla-bla… les parents continuent :
– Il paraît que cette maîtresse est toujours pleine d'allégresse !

Quoi ? Cette fois-ci, Thomas en est sûr ! Il a bien compris ! La maîtresse est une ogresse !
Oh ! là, là ! Thomas l'imagine déjà… gigantesque ! éléphantesque ! Et puis, et puis…

Thomas tremblote, et bla-bla-bla… les parents papotent !
– Ah ! elle s'appelle Madame Toucru ?

Quoi ? Elle va le manger tout cru !
Oh ! là, là ! Thomas s'imagine déjà… prisonnier de deux gros doigts velus ! Et puis, et puis…

Thomas tremblote, et bla-bla-bla… les parents papotent !
– Le programme ? Elle n'en fera qu'une bouchée ! dit l'un.
– C'est tout de même un changement dur à digérer ! dit l'autre.

Quoi? Des enfants durs à digérer ? Mais, c'est évident, si elle n'en fait qu'une bouchée !

Oh ! là, là ! Thomas l'imagine déjà… Mais pourquoi, pourquoi ses parents ne s'inquiètent pas?

Thomas tremblote, tremblote, et bla-bla-bla… les parents papotent, papotent !

– Elle adore les enfants ! Ils seront vraiment aux petits oignons !

Quoi? Elle adore les enfants, surtout avec des petits oignons?

Berk ! Les oignons… Thomas a horreur de ça !

Oh ! là, là ! il imagine déjà…

Driiinng !

La cloche de l'école sonne ! Les portes s'ouvrent. Tout le monde s'avance en riant, en papotant. Thomas est terrorisé, mais pas question de le montrer ! Il rentre tout de même chez les grands ! Et un grand, ça n'a peur de rien ! Thomas avance en traînant des pieds, collé aux jambes de ses parents. Péniblement, il monte les escaliers…

Les voilà arrivés !

Ses parents le poussent doucement devant eux, et il se retrouve nez à nez avec… une petite dame, toute petite, toute menue, aux longues boucles rousses… Madame Toucru !

– Bonjour ! lui dit-elle. Je suis ta nouvelle maîtresse ! Mon nom est Isabelle. Et toi, comment t'appelles-tu ?

Thomas est tellement surpris qu'aucun mot ne sort de sa bouche.

– Il est trop mignon ! Mignon à croquer ! dit la maîtresse à ses parents.

Quoi? À croquer? Cette fois-ci, c'en est trop! Thomas doit connaître la vérité!

– Alors, tu vas me manger? demande-t-il d'une voix étranglée.

La maîtresse sourit tendrement à Thomas, lui prend les mains, s'accroupit près de lui et chuchote:

– Tu sais, si les maîtresses mangeaient les enfants, ça se saurait depuis longtemps! Mais je vais te dire un secret. Je suis une grande gourmande… de chocolat!

Ouf! Le chocolat, Thomas adore ça!
Oh! là, là! il imagine déjà…

12.

Vite vite au loup !

Magdalena, illustrations de Myriam Mollier

– Qui a peur du loup ?

– C'est pas nous, c'est pas nous ! crient les petits lapins en sautant sur le chemin.

– Qui a peur du loup ?

– C'est pas nous, c'est pas nous ! couinent les petites belettes en faisant des galipettes.

– Qui a peur du loup ?

– C'est pas nous, c'est pas nous ! chantent les petits cochons en sortant de leur maison.

– Qui a peur du loup ?

– C'est pas nous, c'est pas nous ! gloussent les petites souris en cueillant des pissenlits.

– Qui a peur du loup ?

– C'est pas nous, c'est pas nous ! piaillent les hérissons en se jetant des marrons.

– Qui a peur du loup?

– C'est pas nous, c'est pas nous! disent les petits oursons en se lançant le ballon.

– Qui a peur du loup?

– C'est pas nous, c'est pas nous! cancanent les petits canards en barbotant dans la mare.

– Qui a peur du loup?

– C'est pas nous, c'est pas nous! hurlent les petits loups en se cachant dans un trou.

Qui vient dans le bois? C'est Papa Loup que voilà.
– Mes petits loups montrez-vous. Hou! Hou! je suis le grand méchant loup!

Lapins, belettes, cochons, oursons, souris, canards, hérissons ont entendu dans les bois venir le grand méchant loup. Ils courent partout!

– Vite, vite sauvons-nous ! Vite, vite rentrons chez nous ! Voilà le grand méchant loup.

Les petits loups sortent de leur trou. Ils sautent au cou de Papa Loup en riant comme des petits fous.

– Ce n'est pas le grand méchant loup voyons, c'est notre Papa Loup !
– Venez, donnez-nous la main pour faire la ronde avec nous, dit Papa Loup.

Et tous chantent :
Nous n'avons plus peur du loup,
Peur du loup,
Peur du loup,
Nous lui faisons des bisous,
Il est doux, il est doux.

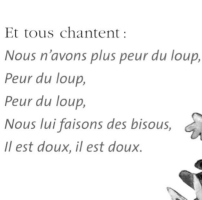

13.

Hubert et les haricots verts

Anne-Marie Chapouton, illustrations de Serge Ceccarelli

– Hubert ! Mange tes haricots verts !
– Non ! Je n'en veux pas, répond Hubert.
– Hubert !

Soudain… Toc…! Toc…! Toc! Qui peut frapper
à cette heure-ci? Maman ouvre.
C'est un drôle de monsieur, tout vert.
Mais non! Ce n'est pas un monsieur! C'est
un haricot vert. Avec un chapeau à fleurs et
des pantoufles roses aux pieds.
Et le monsieur-haricot vert dit :
– Je suis le Grand Mamamouchi des haricots
verts! Et je veux voir Hubert!
– Hubert… dit Maman, c'est le Grand Mamamouchi
des haricots verts qui veut te voir…
– Ah? dit Hubert, qui boude.
– Hubert, dit le Grand Mamamouchi, vas-tu, oui
ou non, manger tes haricots verts?
– Ah! non alors! répond Hubert. Je les déteste!

– Très bien, répond le Grand Mamamouchi.
Et il compte :
Un, deux, trois… Pouf !

Un peu de fumée, et voilà Hubert transformé en haricot vert. Ses bras et ses jambes tout verts sortent d'un corps maigre et vert, et sa tête, toute verte aussi, est couverte de cheveux verts…

Alors, le Grand Mamamouchi s'en va, sans même dire au revoir !

C'est l'heure de partir à l'école. Maman accompagne son Hubert-haricot vert.

La maîtresse s'étonne :

– Tiens, un nouveau ?

– Non, dit Maman, très ennuyée, c'est Hubert…

Et elle raconte l'histoire à la maîtresse.

– Nous n'avons pas le droit d'avoir des légumes dans la classe comme élèves, dit la maîtresse. Mais… comme c'est Hubert… Je veux bien l'accepter aujourd'hui, exceptionnellement.

À la récréation, les enfants tournent autour d'Hubert.

– Est-ce que tu as des fils ?

– Est-ce que tes parents vont te manger en salade ?

Mais, eux aussi, ils se font du souci… Pourvu que le Grand Mamamouchi ne leur rende pas visite un de ces jours… Ils auraient des ennuis.

Hubert leur dit :

– Vous savez, il compte jusqu'à trois, et puis Pif ! Pouf ! Paf ! c'est fait !

À la sortie, Maman vient chercher Hubert-haricot vert.

– Alors, ça va ? Pas de réponse.

En arrivant à la maison, Maman dit :

– Tu ne veux pas les manger maintenant ? Je suis sûre qu'alors, le Grand Mama…

– Non ! hurle Hubert.

Hubert regarde Maman sucrer la compote de pommes, en balançant ses pieds verts sur les barreaux d'une chaise.

La nuit tombe. Un bruit de clef dans la serrure. Voilà Papa !
– Oh ! dit Papa, qu'est-ce que c'est que cette chose verte ?
– Allons, dit Maman, regarde-le de près… c'est Hubert !

Et voilà Maman qui se met à pleurer comme ça, tout d'un coup, et qui raconte l'histoire à travers ses larmes.
– C'est incroyable ! dit Papa.

Maman sert la soupe. Soudain, une petite voix s'élève :
– Maman… donne-moi mes haricots verts !
Vite, vite, Maman va chercher l'assiette dans le réfrigérateur. Hubert se jette dessus en fermant les yeux. Il avale tous ses haricots verts. Gloup ! Comme ça, tout froids.

Alors… on entend… Toc…! Toc…! Toc !
Mais oui, c'est Lui !
Un, deux, trois… Pouf !
Et voilà Hubert redevenu petit garçon. Le Grand Mamamouchi s'en va aussi vite qu'il est venu.

Quelle stupéfaction !

Tout le monde rit pendant que Maman sert les petits pois.

– Encore des petits pois ! dit Papa. J'ai horreur de ça. Tu le sais bien ! Je n'en veux pas !

– Écoute, chéri, j'ai mis des petits lardons dedans et…

– N'insiste pas, dit Papa en repoussant son assiette.

Mais, à ce moment, on entend : Toc… ! Toc… ! Toc !

– Ha, ha ! dit Hubert, c'est maintenant qu'on va rire !

14.

Je ne suis pas un lapin !

Martine Guillet, illustrations de Maria Sole Macchia

Aujourd'hui, toute la famille se réunit à la maison : Papi, Mamie et aussi Tonton et Tante Lise.

Les invités sont arrivés, et Nicolas est fou de joie. Mamie prend Nicolas dans ses bras, et lui dit tendrement :

– Viens me faire un câlin, mon gros lapin !

Nicolas ne peut le croire. Lui ! Un lapin ! Avec de grandes oreilles et une petite queue !

Ah, ça non ! Mamie doit se tromper.
Et puis Nicolas n'aime pas les carottes ! Mamie en a de drôles d'idées !
– Je ne suis pas un lapin ! répond Nicolas. Je suis un grand garçon !
Et il se sauve.

– Ne te sauve pas comme ça ! dit Papi en riant. Viens me dire ce
que tu fais à l'école, mon poussin !

Alors là, Nicolas n'est pas content.
Lui ! Un poussin !

Tout petit avec des plumes jaunes ! Est-ce qu'il a un bec et des ailes ?
Ah, ça non : Papi doit rêver !
– Je ne suis pas un poussin ! répond Nicolas, je suis un grand garçon !

Puis Nicolas ne dit plus rien, il part bouder dans son coin.

Mais Tante Lise l'attrape dans ses bras.
– Reste avec nous ! dit-elle en lui faisant de gros bisous sur la joue.
Si tu veux, on va jouer aux dominos, mon chaton !

Alors là, Nicolas n'est vraiment pas content du tout.

Lui ! Un chaton ! Avec une longue queue et des poils partout ! Est-ce qu'il a aussi une moustache ? Ah, ça non ! Tante Lise n'a pas bien regardé !

– Je ne suis pas un chaton ! répond Nicolas, je suis un grand garçon ! Et Nicolas s'en va.

Heureusement, Maman arrive au salon. Elle lui sourit… alors Nicolas oublie tous ses soucis. Maman, elle, elle sait reconnaître son grand garçon ! Elle, au moins, elle ne dit pas n'importe quoi !

– Si tu veux, tu peux venir m'aider ! lui propose Maman, on va servir les invités, mon biquet !

Cette fois, Nicolas est vraiment fâché. Lui ! Un biquet ! Avec une barbichette et deux petites cornes ! Ah, ça non ! Maman dit n'importe quoi !

– Je ne suis pas un biquet ! répond Nicolas en colère, je suis un grand garçon !

Et il se sauve dans la salle de bains.

Nicolas se regarde dans le miroir. Et qu'est-ce qu'il voit ?
… un biquet ? Non !
… un chaton ? Non plus !
… un poussin ? Et non !
… un lapin ? Eh bien non !
Dans le miroir, il y a seulement… Nicolas !

Nicolas ferme les yeux et les ouvre tout de suite…
C'est lui, c'est bien lui, Nicolas !
Le nez, la bouche, la mèche de cheveux qui se relève sur la tête :
il reconnaît tout ! Vraiment tout ! Ouf ! Nicolas est rassuré. Il sourit.
Et le miroir lui sourit aussi !

Déjà, tout le monde va passer à table. Les grandes personnes
s'installent.

– On va manger ! Viens vite, mon petit loup ! crie Papa.

Nicolas court au salon. Il est très en colère. Il fronce les sourcils, il roule des yeux, il serre les dents. Il n'est pas un lapin, ni un poussin, encore moins un chaton ou un biquet ! Et surtout pas un loup !
– Non ! non ! crie Nicolas avec force. Vous dites vraiment n'importe quoi ! Je suis un grand garçon ! Je m'appelle Nicolas, et puis c'est tout !

15.

La maison toute de travers

Sylvie Misslin, illustrations de Magali Le Huche

Blottie contre la montagne, juste après le petit bois de sapins, du côté du pré-aux-marmottes, se trouve une maison toute de travers. Elle se penche en avant comme pour saluer les passants. Il fut un temps où la maison se tenait droite et fière, au bord du chemin. Mais c'était avant l'histoire du chapeau.

Tout a commencé un soir de printemps.

Dans la cuisine de la maison encore toute droite, cela sentait délicieusement bon. Le père Albert avait préparé une omelette aux pommes de terre. Lui et sa femme s'étaient régalés. Quand le père Albert prépare une omelette, c'est qu'il est heureux.

Il nettoyait son assiette, quand sa femme lui dit :
— Ce matin, au village, j'ai rencontré ma cousine Jeannette. Elle avait une jolie robe et un chapeau neuf. Elle a bien de la chance d'avoir un mari aussi riche !

Le père Albert fronça les sourcils.
— Riche ? Il n'est pas si riche que ça le mari de ta cousine Jeannette !
— En tout cas, il est plus riche que toi ! Dans mon armoire, il n'y a pas un seul chapeau, et je crois qu'il n'y en aura jamais !

Sans répondre, le père Albert se leva et sortit.

Le père Albert alla s'asseoir sur le banc devant sa maison et se mit à caresser sa moustache. Quand le père Albert caresse sa moustache, c'est qu'il réfléchit. Il la caressa longtemps, puis, toujours silencieux, rentra se coucher auprès de sa femme.

Le lendemain, la femme du père Albert partit très tôt vendre ses œufs au marché. À son retour, elle trouva son mari en train d'arracher une à une les planches du parquet de leur chambre à coucher.
Elle crut que son mari était devenu fou.
– Que fais-tu là malheureux ? Tu as perdu la tête ?

Le père Albert se tourna vers sa femme. Ses yeux brillaient.

– Non ! Non ! Je vais très bien ! Je cherche le trésor !

– Quel trésor ?

– Le magot de mon grand-père. Avant de partir à la guerre, il avait caché dans cette maison un sac de pièces d'or. Mais, quand il rentra, il ne savait plus où il l'avait mis. Depuis, tout le monde l'a cherché sans succès. Moi, je crois qu'il est caché sous ce plancher. Quand je l'aurai trouvé, ton armoire débordera de chapeaux.

La femme du père Albert resta silencieuse.

Elle pensait à ses futurs chapeaux : un chapeau de paille avec des plumes de paon, un chapeau de feutre avec des fleurs des champs et peut-être même un chapeau en soie, élégant et fragile.

Quand le père Albert entreprit d'arracher le parquet de la grande pièce du bas, sa femme ne dit rien non plus. Elle réfléchissait à la façon dont elle rangerait ses chapeaux dans son armoire. Peut-être par couleur ou selon les saisons… Les chapeaux de printemps en haut, les chapeaux d'été sur l'étagère du milieu, les chapeaux d'automne et d'hiver tout en bas.

Trois jours plus tard, la maison n'avait plus de plancher. Le père Albert entreprit alors d'ôter les tuiles du toit. Cette fois, sa femme essaya de l'arrêter. Mais il ne voulut rien entendre.

– Si les pièces d'or ne sont pas sous un plancher, c'est qu'elles sont cachées entre deux tuiles, expliqua-t-il. Quand je les aurai trouvées, il te faudra une seconde armoire pour ranger tous tes chapeaux.

La femme du père Albert commençait à se demander si elle avait vraiment besoin de tous ces chapeaux.

Au bout d'une semaine, la maison n'avait plus de toit. Le père Albert s'attaqua aux murs. Sa femme fit tout pour l'en empêcher. Mais il ne voulut rien savoir.
– Si le trésor n'est pas entre deux tuiles, c'est qu'il est caché entre deux pierres. Quand je l'aurai trouvé, tu auras un chapeau différent pour chaque jour de l'année !

La femme du père Albert comprit que rien n'arrêterait son mari. Elle alla se réfugier chez sa cousine Jeannette.

Une nouvelle semaine passa. La femme du père Albert alla rendre visite à son mari. Elle le trouva assis sur le banc devant trois gros tas. Un tas de planches. Un tas de tuiles. Un tas de pierres. Il caressait sa moustache. En voyant sa femme, il eut un pauvre sourire.

– Je crois bien qu'il n'y a jamais eu de trésor, lui dit-il, et que mon père me racontait cette histoire pour m'aider à m'endormir. Tu n'auras jamais de chapeau dans ton armoire.

La femme du père Albert s'assit sur le banc, à côté de son mari et lui prit la main.

– Je meurs d'envie de manger une omelette, lui dit-elle. Pourrais-tu m'en préparer une ?

Le père Albert caressa sa moustache de plus belle. Pour faire une omelette aux pommes de terre, il lui faudrait des œufs, des pommes de terre et surtout… une cuisine !

– Bien sûr ! dit-il tout content. Reviens demain avec des œufs et des pommes de terre. Je te ferai une omelette !

Et le père Albert se mit à l'ouvrage. Il remonta les murs, reposa les tuiles sur le toit. Par moments, de gros nuages cachaient la pleine lune et il ne voyait pas très clair. Mais il fit de son mieux. Il travailla toute la nuit. Au matin, il finissait de clouer la dernière planche quand sa femme arriva.

Dans la maison toute de travers, le père Albert et sa femme se régalèrent d'une délicieuse omelette aux pommes de terre.
Quand le père Albert prépare une omelette, c'est qu'il est heureux.

16.

Petite sorcière a peur de tout

Sylvie Poillevé, illustrations de Myriam Mollier

Mère-Santrouille est une toute petite sorcière.
Personne n'a jamais vu une sorcière à peine plus grosse qu'un chat !
Pourtant, elle est comme ça Mère-Santrouille. Perdue sous son grand
chapeau pointu, elle a vraiment un drôle d'air.

Être petite c'est parfois un peu gênant, mais être peureuse, pour une sorcière, c'est beaucoup plus embêtant.

Pourtant, c'est ainsi, Mère-Santrouille a peur de tout, de vraiment tout. Au moindre cri, au moindre bruit, au plus petit des chuchotis, **Ffrrout**, elle se cache sous son lit.

Du matin au soir, Mère-Santrouille sursaute et tressaute et, la nuit, quand tout est noir, elle est sûre que ce n'est pas la chouette qui fait **Hou !** mais un fantôme, ou bien le loup : **Hou ! Hou !**

Elle n'en peut plus Mère-Santrouille ! Grimper au rideau quand passe une souris, ce n'est pas une vie.

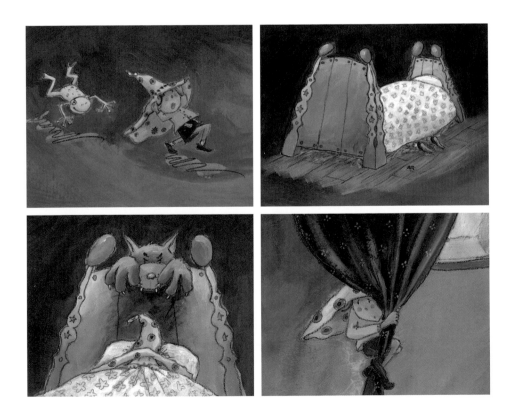

Un jour, elle prend une grande décision : elle va chasser ses peurs à coups de potions. Dans sa marmite, elle touille une purée d'oignons et des pattes de papillons.

Hum, c'est bon… mais, en plus de ses peurs, Mère-Santrouille a maintenant des boutons !

Alors elle essaie une autre potion et fait mijoter dans sa marmite des champignons à chapeaux rouge et blanc et des queues de serpents.

Hum, c'est excellent… mais, en plus de ses peurs, Mère-Santrouille a maintenant mal aux dents !

Elle ne se décourage pas et mitonne encore des pommes pourries avec du jus de fourmis et du pipi de ouistiti.

Hum, bon appétit… mais, en plus de ses peurs, Mère-Santrouille a maintenant un torticolis !

Mère-Santrouille a vraiment tout essayé mais elle n'y est pas arrivée. Aucune solution parmi toutes ces potions. Au moindre cri, au moindre bruit, au plus petit des chuchotis, elle se cache toujours sous son lit.

Mais un jour, elle trouve dans l'un de ses livres une recette intitulée : *Même pas peur.*
Voilà le remède à tous ses soucis !

Excitée, Mère-Santrouille se met à cuisiner. Elle reprend scrupuleusement la liste des ingrédients : pommes de terre, eau de mer, beurre et citron vert. Sous son grand chaudron, elle fait un feu d'enfer.

Comme il est écrit, elle attend que ce soit bien cuit. À peine a-t-elle le temps de mettre sa serviette autour du cou, qu'elle a déjà mangé absolument tout.

Après ce repas, rassurée, soulagée, elle s'endort.

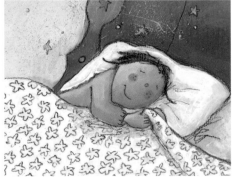

Hou ! hulule la chouette dans la nuit. Mais la petite sorcière ne bouge pas, elle est en train de rêver.

Le lendemain, quand le coq chante, elle ne sursaute pas. Quand la pluie tombe, elle ne tressaute pas.

Youpi ! Ses peurs se sont envolées ! Elle bondit hors de son lit, et profite bien de sa journée. Quel bonheur de ne plus avoir peur !

Le soir, Mère-Santrouille veut refaire du *Même pas peur*, sa recette préférée. Elle feuillette son livre du début à la fin mais elle ne trouve rien.

Elle recommence : *Même pas peur, Même pas... Pommes vapeur.* Tel est le nom exact de la recette ! La petite sorcière était tellement pressée de trouver une solution à ses peurs que, dans la précipitation, elle en a mal lu le nom. Alors Mère-Santrouille rit de son erreur. Peu importe, puisqu'elle n'a plus peur !

Depuis ce jour-là, les yeux pleins de malice, Mère-Santrouille a repris ses vieux grimoires avec délice, pour concocter mille remèdes qui guérissent tout, absolument tout !

Trop de cauchemars : soupe de mouches parfumée au lard.

Doigts pincés : spaghettis aux pattes d'araignées.

Bosses à répétition : crème chantilly aux limaçons.

Mal aux dents : purée de caca de caïman.

Mal au cœur : sauté de crapaud au beurre.

Mal au… Mal au…

Mais, quels que soient le problème ou la douleur, Mère-Santrouille conseille de rajouter à tout remède quelques pommes vapeur !

17.

Chic, le Père Noël !

Sylvie Poillevé, illustrations de Pierre Caillou

Ce matin-là, devant sa glace, le Père Noël fait la grimace. Il se trouve… moche ! Mais alors… moche, moche, moche ! Ces habits rouges, ce bonnet rouge, ces moufles rouges… il en a assez ! C'est décidé, il va changer !

Dans son grenier, il fouille, il fouine, il cherche et… trouve un habit noir. Un bel habit avec une veste en «queue de pie»!
Vite, il l'enfile et, devant sa glace, finie la grimace!
Le Père Noël se trouve chic, vraiment très chic!

Fièrement, il sort de chez lui en faisant claquer ses souliers vernis.
Surpris, les oiseaux arrêtent de chanter, les rennes de bavarder, les lutins de siffloter, les trolls de gambader, les fées de voleter…

– Comment me trouvez-vous ? demande joyeusement le Père Noël.

– Euh !… Ch… chic, bredouillent les rennes, mais… tu n'as plus rien d'un Père Noël !

– Non, plus rien d'un Père Noël ! répètent les autres en chœur.

Le Père Noël réfléchit, se gratte la tête et rentre chez lui.

Promenons-nous dans le ciel, en attendant le Père Noël ! chantonnent les oiseaux.

– Voilà ! Voilà ! J'ai remis mon bonnet ! dit gaiement le Père Noël en rouvrant sa porte.

– C'est… c'est bien ! bredouillent les lutins, mais… pour enjamber les cheminées, ce pantalon est trop serré !

– Oui, trop serré ! répètent les autres en chœur.

Le Père Noël soupire, se gratte la tête et rentre chez lui.

Promenons-nous dans le ciel, en attendant le Père Noël ! chantent les oiseaux fripons.

– Voilà ! Voilà ! J'ai remis mon pantalon ! dit gravement le Père Noël.

– Pas mal… pas mal ! s'exclament les trolls, mais… mains nues, et avec des petits souliers, tu va t'enrhumer !

– Oui, t'enrhumer ! répètent les autres en chœur.

Le Père Noël ronchonne et claque la porte derrière lui.

Promenons-nous dans le ciel, en attendant le Père Noël ! chantent les oiseaux polissons.

– Voilà ! Voilà ! J'ai remis mes bottes et mes moufles !

– Magnifique ! disent les fées d'un air malicieux, mais… pour être complètement chic, il faudrait juste…

– Ça va, ça va ! J'ai compris ! dit le Père Noël en claquant rageusement la porte derrière lui.

Promenons-nous dans le ciel, en attendant le Père Noël ! chantent les oiseaux moqueurs.

– Voilà ! Voilà ! J'ai mis ma veste ! clame le Père Noël à sa fenêtre, mais… maintenant je ne change plus rien !

– Bien sûr ! Plus rien ! répètent les autres en chœur.

Oiseaux, rennes, lutins, trolls et fées sont soulagés.

– Ouf! Nous avons retrouvé notre vrai Père Noël!

Devant sa glace, le Père Noël regarde avec fierté et malice son petit nœud papillon caché sous sa barbe.

– Ouf! Ce soir, je serai quand même chic,
vraiment très chic!

18.

Le plus féroce des loups

Sylvie Poillevé, illustrations de Olivier Tallec

Par un grand froid d'hiver, un gros loup velu aux longues dents pointues sort de sa tanière. Il a faim ! Une faim… de loup !
– Hou ! Hou ! Gare à vous ! Voilà le plus féroce des loups ! pépient les petits oiseaux.

Par ce grand froid d'hiver, un gros chasseur moustachu au long fusil pointu s'approche, tout comme le loup, de la clairière.

Là, trois lapins tout doux s'amusent et jouent le derrière en l'air.

– Hou ! Hou ! Gare à vous ! Voilà le plus féroce des loups ! pépient les petits oiseaux.

Clic-clac, le chasseur est prêt à tirer.

Snip-snap, le loup est prêt à croquer.

Les trois lapins se mettent à trembler devant tant de dangers. Qui les attrapera en premier, le chasseur ou le loup ? Le loup bondit… et… Snip-snap… avalé le chasseur !

Le loup continue son chemin et fait un clin d'œil aux trois lapins, tout surpris, qui le suivent.

Par ce grand froid d'hiver, un gros boucher dodu au long couteau pointu s'approche, tout comme le loup, d'une barrière.
Là, trois petits cochons tout ronds prennent l'air.
– Hou ! Hou ! Gare à vous ! Voilà le plus féroce des loups ! pépient les petits oiseaux.

Tchic-tchac, le boucher
est prêt à découper.
Snip-snap, le loup
est prêt à croquer.

Les trois petits cochons se mettent à trembler devant tant de dangers. Qui les mangera en premier, le boucher ou le loup? Le loup bondit… et… Snip-snap… avalé le boucher!

Le loup continue son chemin et fait un clin d'œil aux trois petits cochons, tout surpris, qui le suivent.

Par ce grand froid d'hiver, un gros ogre barbu aux nombreuses dents pointues s'approche, tout comme le loup, d'une chaumière.
Là, le petit chaperon rouge sort pour aller voir sa grand-mère.
– Hou! Hou! Gare à vous! Voilà le plus féroce des loups! pépient les petits oiseaux.

Slirp-slurp, l'ogre est prêt à dévorer.
Snip-snap, le loup est prêt à croquer.

Le petit chaperon rouge se met à trembler devant tant de dangers.

Qui le mangera en premier, l'ogre ou le loup? Le loup bondit... et... Snip-snap... avalé l'ogre!

Le loup continue son chemin et fait un clin d'œil au petit chaperon rouge, tout surpris, qui le suit.

Par ce grand froid d'hiver, le gros loup velu aux longues dents pointues retourne dans sa tanière, suivi par trois lapins, trois petits cochons et le petit chaperon rouge.

– Merci le loup, tu nous as sauvés! Tu n'es donc pas le plus féroce des loups! lui disent-ils.

– Bien sûr que non! répond le loup. Rentrez donc chez moi vous réchauffer!

Ils s'installent tous autour d'un gros goûter.
Snip-snap, le loup est prêt à croquer.

Tous se mettent à trembler. Et s'ils s'étaient trompés ?
Le loup bondit… et… Snip-snap… avalé le gros goûter !

Le plus féroce des loups avait vraiment faim, une faim de loup !